E

Collana diretta da Orietta Fatucci

© 1999 Edizioni EL, San Dorligo della Valle (Trieste)
ISBN 978-88-7926-312-2

www.edizioniel.com

Fiabe venete

a cura di
Lella Gandini

riscritte da
Roberto Piumini

Illustrazioni di Anna Curti

Einaudi Ragazzi

Alla tata Serafina
e alle altre tate
che raccontano ai bambini

Fiabe venete

Le tre montagne sorelle

Un re aveva tre figlie, due cattive e una buona, che si chiamava Barbarina e stava sempre in camera sua.

Un giorno la ragazza va in giardino, e vede una rosa bellissima.

– Guarda che bella rosa! – dice, e la prende: ma la rosa perde sangue.

Barbarina, per lo spavento, corre in camera, e mette la rosa in un catino: il sangue esce ancora un po', poi si ferma.

Arriva la sera, e anche l'ora di andare a letto: ma, toc toc, Barbarina sente bussare alla porta. Va ad aprire, e si trova di fronte una bestiaccia. La ragazza fa per gridare, ma il mostro dice:

– Zitta, zitta, per gentilezza!

E poi gli cade la pelle, e chi c'è sotto? Un giovane bellissimo.

– Vedi, Barbarina, – lui dice, – io sono figlio di re, e delle fate crudeli mi hanno stregato. Potrò tornare uomo solo quando troverò una che mi sposa.

– E dovrei essere io quella? – dice Barbarina. – Te lo sogni, principe mostro!

Il principe, triste triste, esce dalla porta e va a nascondersi in fondo al giardino, sotto un muro coperto di muschio.

Alla mattina la ragazza si sveglia pentita, va a camminare in giardino, e quando arriva in fondo, ecco lí la bestia, morta.

– Ah, povero caro! – piange la ragazza. – Se fossi ancora vivo ti sposerei!

Ma quello resta morto.

Alla sera, Barbarina sta per andare a letto.

«Toc toc!» Lei apre la porta, ed ecco di nuovo la bestia: la pelle si apre e c'è il bel giovane, che dice:

– Quello che hai detto in giardino un giorno mi libererà, e allora ci sposeremo.

Poi fanno l'amore, beati loro, e cosí anche le altre notti, e ogni volta, all'ora di andarsene, il principe rimetteva la pelle. Intanto le due sorelle cattive, vedendo

che Barbarina sta sempre in camera sua, sono molto curiose.

Una volta, prima di andarsene, il principe lascia la pelle da bestia sotto il letto: ed ecco che, quando Barbarina è uscita, le due sorelle vanno dentro, e cercano e frugano, trovano la pelle, la portano fuori e la bruciano: e in quello stesso momento il principe viene preso da un vento di ghiaccio, ed è portato chissà dove.

Barbarina torna a casa, entra in camera, cerca la pelle e non la trova, e piange e piange, e spera che di notte lui si faccia vedere: ma passa la notte, e anche quella dopo, e il principe non si vede. Allora Barbarina decide: – Andrò per il mondo a cercarlo.

Il re suo padre, quando lo sa, prima cerca di farle cambiare idea, poi le dà un fagottino pieno di denari, e Barbarina parte con un paio di scarpe di ferro.

Cammina cammina, non trova nessuno che le dica dove è il suo bel principe.

Un giorno arriva in un bosco, e stanca siede su una pietra: e compaiono tre fate, che le dicono: – Sappiamo tutto della tua sciagura: la colpa è delle tue sorelle. E non troverai il principe se

non passando pericoli che nessuno ha mai passato.

– Li passerò, – dice Barbarina.

– Prima devi attraversare il Mar Rosso, poi il Mar Nero, e le Tre Montagne Sorelle: e di là c'è il principe, che si è maritato, ma se tu arrivi da lui, sta sicura che si smariterà.

E le fate spariscono.

Barbarina si rimette in cammino, e arriva al Mar Rosso, che fa paura solo a guardarlo. Però le fate la seguono, e le fanno trovare un panchetto sotto la superficie dell'acqua: lei ci mette un piede, poi l'altro, e piano piano passa tutto il mare.

«E uno!» pensa Barbarina, e va avanti, finché sente il suono del Mar Nero, ed è un mare cosí grande, che pensa di non riuscire a passare: ma ecco un filo di strada, e lei ci mette un piede, poi l'altro, e passa dall'altra parte.

«E due!» pensa la ragazza, e cammina cammina, e comincia a sentire trum-trumtrum, un rumore da far paura. Lei la paura ce l'ha, ma non torna indietro, finché arriva dove c'è una montagna che balla. Quando la montagna la vede, si ferma, e le dice: – Conosco la tua storia, ragazza: prendi questa castagna e aprila in caso di bisogno.

– Grazie, – dice Barbarina, e va avanti, e trova una montagna piú piccola, e balla anche quella.

La montagna si ferma e dice:

– Conosco il tuo caso, figliola: prendi questa noce e aprila in caso di bisogno.

– Grazie, – dice Barbarina, e va avanti: e c'è la terza montagna sorella, che ferma il suo ballo e dice:

– Principessa poverina, prendi questa nocciola: se avrai bisogno, aprila!

– Grazie, – dice Barbarina, e cammina cammina arriva in una città, e siccome ha una fame da non vederci piú, va all'osteria e mangia, poi cerca un posto come serva o cameriera, e a tutti quelli che incontra chiede se sanno dove ne cercano una.

– Ne cercano una al palazzo del re, – risponde una donna.

E in quel palazzo, chi c'è? C'è il bel principe, che ha dovuto sposare una donna ricca, brutta e malgustosa, però lui pensa sempre a Barbarina, ed è infelice.

Barbarina intanto arriva al portone, bussa, e le chiedono:

– Cosa vuoi?

– Sono una povera donna e cerco lavoro.

– Entra: le nostre lavandaie hanno bisogno di qualcuno che pieghi e stiri la biancheria.

Barbarina entra e si mette a lavorare: ma dopo due settimane è cosí stufa che prende la castagna, la apre, e salta fuori un bellissimo vestito, e lei lo mette a prendere aria sulla corda del bucato.

Le damigelle della regina, che stanno sui balconi a prendere aria, vedono quella meraviglia, e corrono a gridare:

– Sacra Corona, vieni a vedere che bel vestito ha steso la nuova lavandaia!

La regina va a guardare e fa subito chiamare la ragazza, e le chiede:

– Mi vendi quel vestito?

– Sí che te lo vendo, regina.

– E cosa vuoi in pagamento?

– Dormire una notte con tuo marito.

La regina risponde:

– Va bene, – ma siccome è piú furba della volpe, fa mettere nel bicchiere d'acqua del marito del sonnifero, e cosí lui, appena tocca il letto, cade addormentato.

Arriva Barbarina, e canta:

Io sono Barbarina la bella,
ho camminato per mare e per terra,
ho camminato e camminato molto:
voltati di qua, e dammi ascolto!

Ma il re non si volta, e russa. Lei canta piú forte, ma lui non si sveglia. Al mattino la fanno alzare e lei torna fra le lavandaie. Dopo due settimane, Barbarina rompe la noce, e appare un vestito ancora piú bello del primo, e lei lo stende sulla corda del bucato.

– Sacra Corona, vieni a vedere che vestito ha la lavandaia!

La regina fa chiamare la ragazza:

– Me lo vendi?

– Sí, regina.

– Cosa vuoi?

– Una notte col re.

– L'avrai, – dice la regina. Ma fa mettere ancora il sonnifero, e il re, appena va a letto, cade addormentato.

Arriva Barbarina, e canta:

Io sono Barbarina la bella,
ho camminato per mare e per terra,
ho camminato e camminato molto:
voltati di qua e dammi ascolto!

Ma il re neanche si muove.

Al mattino lei si veste e torna dalle lavandaie. Dopo due settimane si stufa, e rompe la nocciola: e questa volta il vestito è ancora piú bello.

– Sacra Corona, vieni, vieni a vedere!

– Portatemi la lavandaia!

Barbarina arriva.

– Mi vendi il vestito?

16

– Sí che te lo vendo.

– E cosa vuoi?

– Dormire con tuo marito.

– Va bene, – dice la regina, e dice alla cameriera di mettere il sonnifero nel bicchiere. Ma la cameriera, questa volta, non ce lo mette: forse per distrazione, forse per far dispetto alla padrona.

Il re, quando va a letto, si addormenta: arriva Barbarina e canta:

Io sono Barbarina la bella,
ho camminato per mare e per terra,
ho camminato e camminato molto,
voltati di qua e dammi ascolto!

Il re si sveglia, si volta, la vede e resta incantato, ascolta la sua storia, si meraviglia e la bacia, e la ribacia.

Al mattino, passa l'ora, e la regina s'insospettisce e va in camera del re, e trova i due abbracciati e contenti, e vuole uccidere Barbarina con il pugnale, ma il re le ferma il braccio e dice:

– Questa è la mia moglie vera, sposata prima di te: o torni

da tuo padre, o resti nel palazzo a fare l'ultima damigella.

Quella dice che non resterebbe nemmeno morta, e il re le fa restituire gli abiti a Barbarina, ma Barbarina dice:

Tieniti pure questi vestiti,
perché ormai mi sono serviti:
ho camminato e camminato molto
e il mio principe mi ha dato ascolto!

E cosí quella se ne va, quasi contenta, e anche noi contenti siamo, perché la storia è finita, e la testa riposiamo.

Il mago

In una casetta del bosco viveva una vedova con un figlio, chiamato Bepi. Il figlio andava a raccogliere legna per bruciarla e venderla, e guadagnare qualche soldo.

Un giorno Bepi disse che voleva andare a cercare legna nel bosco fitto e lontano. La madre diceva: – Attento, che là c'è pericolo, non farmi stare in pena! – Ma lui aveva deciso: prese pane e formaggio fresco, l'ascia, una corda lunga per legare le fascine, e se ne andò.

Cammina cammina, il bosco era sempre piú scuro, e di legna ce n'era abbastanza. Ma Bepi volle andare piú avanti, fino a che arrivò in una radura dove c'erano sette alberi morti: allora li tagliò di sotto, fino a quando furono pronti per essere abbattuti, ma prima di dare l'ultimo colpo decise di riposarsi e mangiare un po' di pane.

Mentre mangiava, un bell'uccellotto grigio si posò a beccare le briciole, e Bepi lo

prese e lo mise in tasca per portarlo in regalo alla madre.

Stava per prendere altro pane dalla tasca, quando sentí un rumore. Ascoltò, spaventato, e capí che c'era qualcuno che russava: spiò tra le foglie, e vide un omaccione dalla barba bianca e dalle mani enormi, che dormiva.

Bepi si avvicinò di un passo, e d'improvviso l'omaccione si svegliò, spalancò due occhi rossi e sbadigliò con la bocca che sembrava un forno.

Il giovane era cosí spaventato che non riusciva a muovere un piede.

L'omaccione allungò le braccia e gli afferrò le caviglie.

– Chi sei? – domandò Bepi con poca voce.

– Sono il mago Ladron. Perché sei venuto a disturbarmi? Sei venuto a lavorare per me? Sai io sto diventando vecchio, e mi occorre proprio un po' d'aiuto…

– Io sono venuto a prendere legna, signor mago Ladron… E adesso me ne andrei a casa volentieri…

– No, no! Tu mi aiuterai, perché devi sapere che io sono un ladro, ma non riesco piú a passare su e giú per i camini… Tu ci potresti riuscire… Ma sarai abbastanza forte per tirare su il bottino? Se non sarai abbastanza forte, ti ucciderò con le mie mani!

20

– Io sono fortissimo, – rispose Bepi, che era furbo anche quando era spaventato.

– Lasciami le caviglie, e ti farò vedere come riesco ad abbattere sette alberi in una volta sola!

Il mago lo lasciò.

Bepi legò la corda ai sette tronchi che aveva tagliato, e che erano già pronti a cadere: poi diede uno strattone, e gli alberi caddero tutti insieme.

– Per la mia barba bianca! – disse il gigante, impressionato. – Sei davvero forte! Ma sai anche spezzare una pietra con le mani, come faccio io?

Prese un sasso, gonfiò i muscoli, e lo spezzò.

Ora toccava a Bepi, che si chinò e fece finta di raccogliere un sasso, invece di nascosto levò di tasca il formaggio, che aveva proprio la forma di una pietra. Poi fece qualche smorfia, e lo schiacciò tanto, che lo fece diventare sottile come una frittella.

– Per la mia barba lunga! – disse il mago, ma non era ancora soddisfatto. – Quanto lontano sai lanciare una pietra?

Ne prese una e la gettò in cima a una collina.

Bepi, senza parlare, si chinò, fingendo di cercare una pietra: invece levò di tasca l'uccellotto grigio, e lo lanciò. L'uccello se ne andò via nel cielo, ben al di là della collina.

– Sí, sei abbastanza forte per lavorare con me! – disse il mago, e lo portò dove c'era una caverna nascosta sotto il monte, in mezzo ai cespugli. – Spacca la legna che c'è qui, mentre io preparo gli attrezzi per il lavoro di stanotte!

Bepi, quando ebbe gli occhi abituati al buio, vide che c'era un'ascia grandissima, e due tronchi. Allora ne tagliò uno per il lungo, quasi completamente, ma senza separare le due metà, mentre nell'altro fece una fessura, in un certo modo, e ci infilò un cavicchio nascosto.

Arrivò il mago e disse:

– Come, non hai ancora tagliato i tronchi?

– Non ne ho bisogno, io! – disse Bepi: mise le mani nella fessura del tronco quasi tagliato, fece una smorfia, finse di sforzarsi, e il tronco si divise a metà.

– Chissà se sei capace di fare lo stesso con l'altro tronco? – disse Bepi.

– Io? Con queste mani? – disse il mago. – Sta a vedere, vermiciattolo!

E Ladron mise le mani nella fessura del secondo tronco: allora, svelto, Bepi diede un colpo al cavicchio che teneva le due metà separate, e le mani del mago rimasero chiuse dentro. Poi, con il rovescio dell'ascia, il giovanotto diede una botta in testa al mago, lo tramortí, lo legò con la corda lunga, e si mise a cercare nella caverna.

Cerca cerca, trovò un sacco d'oro nascosto sotto il letto, e se ne andò correndo come il vento.

Quando arrivò a casa, sua madre stava piangendo, perché lo credeva morto: quando lo vide lo abbracciò, felice, e si fece raccontare tutta la storia.

Intanto, i contadini che Bepi aveva avvertito passando andarono a prendere il mago legato con due muli, e lo portarono fino alla prigione, dove rimase per tutta la vita.

Il tesoro

C'era una volta una matrigna che trattava bene sua figlia Bastiana, e male Serafina, la figlia di suo marito.

Serafina aveva un cuore d'oro e non si lamentava mai quando la matrigna e la sorellastra le facevano fare tutti i lavori di casa.

Ma la matrigna, non contenta, parlava sempre male di lei al marito:

– Serafina è una fannullona, non obbedisce mai, risponde sempre con sgarbo! – e dai e dai, ogni sera, finché lo convinse a mandare via di casa la ragazza.

Cosí, una mattina, triste triste, Serafina partí: ma prima di andare in città a cercare un lavoro, passò a salutare la nonna, che stava in una casetta lí vicino.

La nonna l'abbracciò e disse:

– Vorrei aiutarti, cara nipote, ma ti posso dare solo tre cose: prendile, potranno essere utili in futuro –. E le diede una scopa rovinata, un pezzo di corda e una crosta di pa-

ne. La ragazza mise tutto nel fagotto, e se ne andò.

Cammina cammina, arrivò su una strada di campagna dove c'era un pozzo, e una donna con la testa nel pozzo, che si lamentava, e tirava su un secchio pieno d'acqua attaccato alla treccia.

– Perché tiri su il secchio con la treccia? – chiese Serafina.

– Perché ho un marito crudele, che non vuole comprare la corda: ma fra poco dovrà comprare la bara, l'avaraccio, perché sento che morirò!

Serafina allora levò dal fagotto la corda e gliela diede, e la donna, contenta, la portò a casa sua, le offrí da mangiare e la fece riposare, e poi si dissero addio.

Cammina cammina, Serafina arrivò vicino a una casa, e sentí un'altra donna che si lamentava, seduta sulla soglia con le mani bendate, a piangere forte.

– Che cosa ti è capitato, buona donna? – chiese Serafina.

– Ho un marito crudele, che mi fa pulire la stufa ancora calda con le mani, perché non vuole comprare spazzola o scopa: ma fra poco dovrà spendere per il mio funerale, quel taccagno!

Serafina prese la scopa della nonna, e gliela regalò.

– Grazie, grazie, – disse la donna. – Se avrai bisogno di qualcosa, chiedilo a me.

Cammina cammina, Serafina arrivò a un frutteto, dove c'era un ciliegio cosí carico che i rami stavano per spezzarsi: allora la ragazza, per pietà, scrollò i rami e liberò l'albero dal troppo peso, e mise anche degli stecchi sotto i rami piú carichi.

L'albero disse: – Grazie, figliola, ora sto meglio: se avrai bisogno di aiuto, vieni da me.

La ragazza andò avanti: ma poco dopo vide su una staccionata una pianta di zucca cosí carica che stava per schiantarsi: e Serafina staccò le zucche piú pesanti e le appoggiò al suolo.

– Grazie, figliola, – disse la pianta. – Dove stai andando?

– Vado in città a cercare lavoro.

– E perché non lavori a casa tua?

– Perché la matrigna e la sorellastra mi hanno scacciata.

– Vienimi piú vicino, – disse allora la pianta di zucca, e Serafina abbassò la testa. – Ascolta: vedi quella casa bruna, là sotto la roccia? Ci stanno tre streghe, e una di loro stasera si sposa. Sotto il suo letto c'è una cassa di denaro: è il regalo delle sue sorelle. Quello è denaro rubato, meglio che l'abbia tu, ragazza di buon cuore. E ascolta ancora: là c'è un cagnaccio affamato, ma se gli dai del pane si calmerà…

Serafina disse grazie e s'incamminò, e vicino alla casa bruna si nascose in un cespuglio, ad aspettare il buio.

Quando il buio venne, si avvicinò, aprí il cancello: ed ecco il cagnaccio, pronto a saltarle addosso, ma lei gli gettò il pane della nonna, e il cane si quietò.

Piano piano, Serafina passò davanti alla cucina, e sentí voci e risate e rumore di piatti e di bicchieri, salí le scale, trovò la camera della strega sposa e la cassa di denaro sotto il letto, la prese, scese le scale, uscí dalla porta e dal cancello, e corse via, fino alla pianta di zucca, che le disse:

28

– Sento il cane che abbaia, perché ha finito il pane: le streghe si sono accorte, corri dal ciliegio, che ti nasconderà!

La ragazza andò dal ciliegio. Ecco che arrivano le streghe e chiedono alla pianta di zucca:

– Zucca, hai visto passare qualcuno con una cassa?

– Nessuno è passato, verità di zucca! – rispose quella.

Allora le streghe andarono dal ciliegio:

– Ciliegio, hai visto passare qualcuno con una cassa?

– Nessuno è passato di qui, verità di ciliegio! – disse il ciliegio: e invece Serafina era nascosta in un gran buco del tronco.

Le streghe allora tornarono a casa a riposare, e intanto Serafina lasciò il ciliegio, passò dalla donna della scopa, e poi da quella della corda, sulla strada di casa sua.

Al mattino le streghe si rimisero a cercare, e passarono dalla donna della scopa.

– Hai visto passare qualcuno con una cassa?

– Nessuno nessuno, com'è vero che una scopa spazza!

E piú avanti, all'altra: – Hai visto passare qualcuno con una cassa?

– Nessuno nessuno, com'è vero che una corda tira!

Insomma, le streghe non la trovarono, e tornarono a casa molto arrabbiate.

Intanto Serafina arrivò dalla nonna, che l'abbracciò con gioia, e le due rimasero insieme nella casetta, a vivere in buona pace.

Ma dopo un po' di tempo, la matrigna venne a sapere che Serafina era dalla nonna: ci andò, e domandò, e ridomandò, e Serafina fu tanto buona da raccontare tutta la storia.

Allora la matrigna pensò:

«Voglio che la mia Bastiana abbia la stessa fortuna!»

Chiamò la figlia, le diede una pagnotta di pane fresco, una spazzola di ferro nuova e una corda lunga, e la spedí per la strada. Poi si mise seduta sul balcone, a immaginare come avrebbe speso i denari che la figlia avrebbe portato.

Cammina cammina, a Bastiana venne fame, e si mangiò la pagnotta tranne un pezzettino. A quel punto vide la donna con la testa nel pozzo, e cominciò a dire, girandole attorno:

– O bella gobbina, ti sono caduti gli occhi

nel pozzo? O bella stortina, ti è caduto il naso laggiú?

La donna piangeva, perché la corda vecchia di Serafina si era spezzata, e doveva usare ancora la treccia, e chiese aiuto a Bastiana, ma Bastiana disse:

– Questa corda è mia, e me la tengo! – E se ne andò.

Poco dopo, ecco la casa della donna che piangeva, perché la scopa vecchia di Serafina si era consumata, e avrebbe dovuto ricominciare a spazzare con le mani, ma Bastiana disse:

– Vuoi la mia spazzola di ferro? E continua a volerla, perché la tengo per me!

Bastiana, anche se camminava piano, arrivò verso sera alla casa delle streghe, senza nemmeno fermarsi all'albero delle ciliegie, né alla pianta di zucca, che erano carichi di nuovo.

Quando arrivò alla casa, buttò il pezzettino di pane al cane, salí le scale, aprí la prima porta, e niente sotto il letto, aprí la seconda porta, e trovò una cassa, la prese e la trascinò giú per le scale facendo un gran baccano. Ma il cane, che aveva finito il pane, abbaiava, e le streghe si accorsero di lei e cominciarono a correrle dietro.

Bastiana era robusta, e portava bene la cassa: arrivò dalla donna della spazzola e disse:

– Cara donna, prendi la mia spazzola, prendila!

La donna, che era di buon cuore, la fece nascondere sotto il letto, e quando le streghe le chiesero se aveva visto passare una con una cassa, disse:

– È andata da quella parte!

Cosí Bastiana uscí e corse fino alla casa della donna della corda, e le disse:

– Buona donna, prendila adesso la mia corda!

La donna, che era gentile, nascose cassa e ragazza nel porcile: quando le streghe passarono di lí cercarono dappertutto, ma non nel porcile, e se ne andarono via arrabbiate.

Però una di loro non era arrabbiata, e se la rideva sotto il brutto naso. Perché? Ascolta, ascolta, e lo capirai da te.

Bastiana, tutta sporca di porcile, con la cassa sulla schiena, senza dire grazie se ne andò, e andando diceva ad alta voce tutte le cose che avrebbe comprato con il denaro della cassa.

Quando la matrigna, dal balcone, la vide arrivare, le corse incontro, e portarono la cassa in cucina, e con un martel-

lo ruppero il lucchetto: e cosa c'era dentro? Due o tre centinaia di palle di sterco d'asino, che aggiunsero la loro puzza a quella della Bastiana: ecco perché la strega se la rideva, e chi ha ascoltato lo ha imparato.

Insomma, dovettero lavare la casa cinquanta volte, e Bastiana si dovette lavare cento volte, e dovettero bruciare i vestiti e le tende per non sentire la puzza: ma un pochino ne rimase per sempre, e la sentirono per tutta la vita.

Petin Petè

Petin e Petè vanno a raccogliere nocciole.
Petin ne raccoglie un sacco.
Petè le mangia, e ne restano quattro.
Petin dice a Petè: – Andiamo a casa.
Petè risponde: – Non vengo a casa con quattro nocciole!
Petin chiama il cane:
– Vieni a mordere Petè,
che non vuole tornare a casa con quattro nocciole.
Il cane dice: – Io no che non lo morsico.
Petin va dal bastone:

– Bastone, bastona il cane
che non vuole mordere Petè,
che non vuole tornare a casa con quattro
nocciole.

Il bastone dice: – Io no che non lo basto-
no!

Petin va dal fuoco:

– Fuoco, brucia il bastone
che non vuole bastonare il cane
che non vuole mordere Petè
che non vuole tornare a casa con quattro
nocciole.

Il fuoco dice: – Io no che non lo brucio!

Petin va dall'acqua:

– Acqua, spegni il fuoco
che non vuole bruciare il bastone
che non vuole bastonare il cane
che non vuole mordere Petè
che non vuole tornare a casa con quattro
nocciole.

E l'acqua dice: – Io no che non lo spengo!

Petin va dal bue: – Bue, bevi l'acqua
che non vuole spegnere il fuoco
che non vuole bruciare il bastone
che non vuole bastonare il cane
che non vuole mordere Petè
che non vuole tornare a casa con quattro
nocciole.

E il bove dice: – Io sí che la bevo.

Allora l'acqua corre per spegnere il fuoco,
ma il fuoco corre per bruciare il bastone,
ma il bastone corre per bastonare il cane,
ma il cane corre per mordere Petè,
che corre a casa con le quattro nocciole.

36

I gattini

Un vedovo, che aveva una figlia buona e gentile di nome Marina, decise di riprendere moglie, e sposò una vedova che aveva una figlia capricciosa, di nome Leona. Siccome il padre era spesso via da casa, la matrigna cominciò a trattare male Marina, e col passare del tempo la fece diventare una cameriera, dandole ordini e sgridandola a più non posso. Marina era triste, e aspettava di diventare più grande per chiedere al padre di portarla con lui nei suoi viaggi di mercante.

Un giorno la matrigna mandò la ragazza a lavare una gran cesta di panni al canale, e le diede un pezzo di sapone, dicendo:

– Lava bene tutto, e guai se consumi troppo sapone!

Marina andò, e cominciò a lavare: ma a un tratto il sapone le scivolò nell'acqua, e scomparve. Marina si mise a piangere, pensando alle botte che avrebbe preso al ritorno: ma ecco che sentí una specie di miagolio, si voltò e vide il gatto che stava sempre in riva al canale.

Il gatto disse:
– Non piangere, Marina: entra nell'acqua, e trova la casa dei gattini, bussa, e vedrai che ti aiuteranno.

Marina non aveva paura dell'acqua, e si buttò in fondo al canale, e lí trovò una casa piccola piccola e una porta: bussò gentilmente, e la porta si aprí, e c'era un gattino con il grembiule come una cameriera.

– Che vuoi, ragazza bella?

– Mi è caduto in acqua il sapone, e il gatto mi ha detto che voi potete aiutarmi.

– Entra pure, – disse il gattino.

Dentro c'era una meraviglia di casa, piena di gattini indaffarati nelle faccende. C'era un gattino che spazzava, e Marina gli disse:

– Lascia che ti aiuti.

Prese la scopa e pulí la stanza. In un'altra stanza c'era un gattino che faceva i letti.

– Posso aiutarti? – e insieme finirono i letti. E di là c'era un gattino che spolverava libri.

– Lascia che ti aiuti, – e con il piumino spolverò tutti i libri.

In cucina c'era un gattino che friggeva acciughe.

– Posso aiutarti? – e Marina fece friggere le acciughe. E poi c'era un gattino che lavava i piatti.

– Posso lavarli anch'io? – e Marina lavò i piatti con lui.

Alla fine, i gattini le dissero: – Vieni, andiamo dal Gatto Mammone.

E l'accompagnarono in una stanza dove c'era un gatto molto grosso, che disse:

– Cosa vuole questa ragazza?

Allora Marina raccontò la sua storia, e i gattini, dopo di lei:

– Gatto Mammone, ci ha aiutato a spazzare, fare i letti, spolverare, friggere le acciughe e lavare i piatti!

Il Gatto Mammone disse:

– Marina brava e gentile, ecco il tuo sapo-

ne e la tua biancheria lavata e stirata, – e a un suo cenno arrivano due gattini con la cesta tutta in ordine, e un sapone nuovo.

– Adesso vai in quella stanza, – disse il Gatto Mammone, – scegli un vestito che ti piace, e torna a casa. Quando sentirai il canto del gallo, voltati e vedrai.

Poi i gattini la condussero in una stanza dove c'era un armadio pieno di vestiti molto belli, e l'aiutarono a levare i vestiti vecchi e a indossarne uno nuovo e celeste che lei aveva scelto.

Poi l'accompagnarono alla porta, e appena fuori Marina si trovò sulla strada di casa. Fece qualche passo, e sentí un canto di gallo: si voltò, e le apparve una bellissima stella in fronte.

Quando arrivò a casa, matrigna e sorella-

stra videro biancheria e sapone, e piene d'invidia le
tolsero il bel vestito azzur-
ro, e le sfregarono la fronte
per fare scomparire la stella, ma non ci riuscirono.

Allora le dissero:

– Stupidella, dicci co-
sa ti è capitato!

Marina, che era sempre
gentile, raccontò tutto per
filo e per segno.

La matrigna decise che
anche Leona doveva ave-
re la stella, e cosí pre-
parò un po' di bian-
cheria e un pezzo
di sapone, e la
mandò al lava-
toio, dicendole di fare tutto come aveva fatto Marina.

Leona andò al lavatoio e fece finta di lavare, sospirando e sbuffando.

A un certo punto, il gatto le disse:

– Perché fai finta di faticare?

E lei, dopo aver buttato in acqua il sapone, disse: – Oh oh, ho perso il sapone, cosa
devo fare?

E il gatto: – Calati nell'acqua, e bussa alla
porta dei gattini.

– In quest'acqua gelida? E va bene! – disse Leona, e si tuffò, scese in fondo, vide la casetta e cominciò a prendere a calci e pugni la porta. Le aprí il gattino col grembiule, e lei gli diede uno spintone. Poi andò dal gattino che scopava e gli picchiò la scopa addosso. Poi andò da quello che faceva i letti e lo arrotolò nelle coperte. Poi andò dal gattino che spolverava e gli spolverò il muso. Poi andò in cucina dal gattino che cucinava, e lo mise nella padella. Poi andò dal gattino che lavava i piatti e glieli ruppe tutti.

Allora i gattini la trascinarono davanti al Gatto Mammone, che disse:

– Cosa vuoi, ragazza?

– Il mio sapone, voglio, hai capito?

E i gattini dissero:

– Mi ha dato uno spintone!

– Mi ha dato una scopata!

– Mi ha arrotolato nelle coperte!

– Mi ha spolverato il muso!

– Mi ha messo in padella!

– Mi ha rotto i piatti!

– Va bene, – disse il Gatto Mammone, – portatela in quella stanza, e fatele scegliere un vestito. E ricorda, ragazza, quando torni a casa, quando senti un asino che raglia, voltati a guardare!

I gattini portarono Leona in una stanza e le tolsero il vestito: lei era contenta, perché pensava di scegliere una veste bellissima, invece lí c'erano solo stracci, e dovette prendere quelli. Poi la misero nel cesto e la gettarono fuori, sulla strada di casa. Lei si alzò e sentí un raglio d'asino: si voltò, e le spuntò in fronte una coda asinina.

Allora tornò a casa per vendicarsi su Marina: ma nel frattempo era tornato il padre, e Marina gli aveva raccontato tutto quello che le avevano fatto. Allora il padre scacciò matrigna e sorellastra, che se ne andarono via, con la vergogna in faccia e la coda d'asino in fronte.

Il re comandino

C'era una volta un re con un figlio bellissimo, che si voleva sposare.

Ma il re diceva:

– Io sono il re, comando io: ti sposerai con quella che sceglierò, e quando vorrò!

Il figlio non era solo bello, ma anche generoso, e gli piaceva andare per la campagna, a parlare con i contadini che lavoravano la terra, e ragionare con loro su come migliorare la loro condizione.

C'era in quel regno una famiglia di poveri contadini: una piccola famiglia di padre, madre e una figlia sola, ma tutti bravi a lavorare la terra.

Un giorno erano in un campo abbandonato da molto tempo, e il padre pensò di scavare il terreno piú a fondo, per portare in alto terra piú fertile. Mentre la figlia scavava, urtò con il badile una pietra. Prima pensò che fosse piccola, e sperava di poterla spostare da sola, poi vide che era grande e chie-

se aiuto al padre. Scava, scava, alla fine riuscirono a toglierla dal terreno, riempirono il buco di terra e caricarono il masso su una carriola.

Era il tramonto, e un raggio di sole colpí la pietra, che si mise a brillare.

– Guarda, papà, sembra una pietra d'oro!

– Cosa dici, ragazza? Portiamola a casa, per guardare meglio.

La portarono a casa e chiamarono amici e vicini, e tutti furono d'accordo che doveva essere d'oro, e fecero i complimenti al contadino che era stato fortunato, e sarebbe diventato ricchissimo.

La notizia andò in giro molto velocemente, e arrivò al palazzo del re.

Il principe, curioso del fatto straordinario, voleva andare a vedere, mentre il re, senza dirlo al figlio, ordinò che si andasse a prendere la pietra d'oro, perché era stata trovata nel suo regno e dunque era sua.

Quando il principe arrivò alla casa dei contadini, c'erano già i soldati del re che volevano la pietra: ma tutti i contadini della campagna si erano messi di fronte a loro, e sbarravano il passaggio.

Il principe andò a parlare con il contadino fortunato, che stava con la figlia e la moglie vicino alla pietra.

– Io sono il principe, ma non temete, – disse guardando la ragazza con ammirazione. – Andrò dal re mio padre e gli parlerò in vostro favore.

E cosí fece, e tanto disse e chiese che il re decise di lasciare in pace quei contadini.

Con la scusa di tornare a guardare la pietra il principe andava ogni giorno a visitare quella casa, e a parlare con la ragazza, e i due si innamorarono.

Un giorno il principe la chiese in sposa, e lei disse di sí.

Quando, dopo una settimana, disse al padre la sua intenzione, il re si infuriò:

– Io sono il re, comando io! Ti sposerai con chi e quando io vorrò!

Il principe lo lasciò sfogare, poi disse:

– Padre, se non dai il consenso, io lascerò il palazzo e diventerò contadino.

Il re pensò a lungo, poi disse:

– Va bene, ma solo a una condizione: che la ragazza si presenti a palazzo obbedendo all'invito che io le manderò.

Il principe andò dalla ragazza e le disse la cosa, e lei si mise ad aspettare.

Il giorno dopo arrivò un messaggero del re, che disse:

– Il re vuole, ordina e comanda che tu ven-

ga a palazzo né di giorno né di notte, né a piedi né in carrozza, né vestita né nuda, né sazia né affamata.

La figlia del contadino si mise a piangere, e ripeté l'invito alla madre, che si mise a pensare e disse:

– Figlia mia, questo ti consiglio: va a palazzo subito prima dell'alba, quando non è ancora giorno ma non è piú notte. Vacci sul nostro asino, cosí non sei né a piedi né in carrozza, poi sciogliti i tuoi lunghi capelli, cosí non sarai né nuda né vestita. Infine vacci con la pancia vuota, ma con una castagna secca in bocca, cosí non sarai né sazia né affamata.

Cosí fece la ragazza, e andò al palazzo prima dell'alba, sull'asino, coperta dei suoi capelli e con la castagna secca in bocca. Il principe la stava aspettando, le guardie aprirono il portone e fu accompagnata dal re, che disse:

– Hai obbedito ai miei comandi. Ordino che ti portino un bel vestito e un buon caffellatte, e che domani ci siano le nozze.

E cosí finisce la storia dove le pietre erano due: una era quella d'oro, e l'altra era la testa del re.

Le dodici tortore

Una povera vedova aveva un figlio solo di nome Zoanin. Quando il ragazzo fu giovanotto, decise di andare a cercarsi un lavoro, perché nella loro campagna c'era gran povertà. La madre era triste, ma lo lasciò andare.

Cammina cammina, Zoanin arrivò a una città, ma trovò le porte chiuse, perché era già notte: cosí si avvolse nella coperta che la madre gli aveva dato e si addormentò in un prato.

Al mattino, sentí uno scalpitare, e un signore su un cavallo bianco gli gridò:

– Cosa fai nel mio prato?

– Signore, mi scuso, ma cercando lavoro sono arrivato nella notte e mi sentivo stanco.

– Mi sembri un bravo giovane. Ti metterò alla prova: sali dietro di me a cavallo, e andiamo!

Zoanin saltò a cavallo, e trotta e galoppa, entrarono in un bosco che si faceva sempre piú fitto, finché arrivarono sotto una montagna, che in alto non aveva boschi ma solo roccia altissima e liscia. I due scesero da cavallo affamati e assetati, il cavaliere tolse dalla bisaccia acqua, pane, formaggio e vino, e mangiarono.

– Ora riposiamo, – disse l'uomo. – Domattina all'alba ti dirò qual è il tuo compito, e perché ti ho preso al mio servizio.

Zoanin si avvolse nella coperta, ma prima di addormentarsi vide che il padrone camminava su e giú tutto pensieroso.

«Si vede che gli piace il fresco», pensò il giovane, e si addormentò.

Al mattino, quando si svegliò, vide che vicino al cavallo c'era un asino.

Il signore disse:

– Devi sapere, Zoanin, che in cima a questa montagna c'è un castello dove vive un mago che tiene prigioniere dodici ragazze, che non si possono liberare in nessun modo. Tu devi andare lassú e prendere delle pietre preziose che stanno sulla roccia piú alta accanto al castello, metterle in un sacco e buttarmele giú.

– Ma come salgo e scendo da questa montagna? – chiese Zoanin.

– Vedi l'asino? Lo devi uccidere e scuoiare, e nasconderti nella sua pelle: un'aquila verrà e ti porterà sulla cima. Quando sarai lassú, farai un grido, l'aquila si spaventerà e ti lascerà cadere vicino al castello, tu prenderai le pietre preziose, le metterai in questo sacco e lo getterai giú. Poi ti rimetterai dentro la pelle e l'aquila ti porterà in basso.

– Sono pronto, – disse Zoanin, però prima si fece dare dall'uomo la paga per il lavoro, che erano cinque pezzi d'oro.

– Se morirò, prometti che manderai questi pezzi d'oro a mia madre, – disse il giovane, e l'uomo promise.

Allora Zoanin fece come il cavaliere aveva detto, e l'aquila venne e lo portò in alto, e lui urlò, e l'aquila lo lasciò cadere in cima alla montagna, e volò via. Il giovane uscì dalla pelle, e si trovò in un luogo bellissimo, tutto d'erbe e fiori.

Dopo un po' di cammino, ecco il castello: da una finestrella, mentre Zoanin guardava,

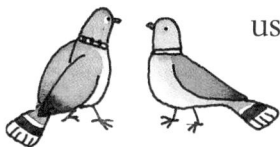

uscirono in volo dodici tortore, che si andarono a
posare sulla sponda di
un laghetto.

Zoanin spiava, ed ecco
che le tortore si trasformarono in dodici bel-
le fanciulle, che si tolsero le camiciole bian-
che, si gettarono in acqua e si misero a gio-
care e ridere.

Zoanin non le guardava tutte, ma una sola, la piú giovane: era già innamorato. Piano
piano, tenendosi nascosto, si avvicinò, prese la camiciola della sua amata, e la nascose
sotto la camicia.

Quando le ragazze uscirono dall'acqua si
misero la veste e si trasformarono in tortore:
ma la piú giovane non trovava la camiciola,
e la cercava, e le undici tortore le volavano
intorno impazienti, e alla fine volarono via,
per non essere punite.

A un certo punto la ragazza, cercando fra
i cespugli, si trovò di fronte Zoanin, e gridò
di spavento.

– Non aver paura, io ti voglio aiutare, –
disse lui, e siccome lei si vergognava, le pre-
stò la casacca per coprirsi, poi le raccontò come era volato lassú, le chiese il suo nome e
dove fosse il mago.

– Io mi chiamo Rosina, – rispose la ragaz-

za, – e sono stata fatta prigioniera come le mie compagne con una magia nera da quasi un anno. Siamo trattate bene, ma dobbiamo ubbidire al mago, che non ci lascia andare via.

– E adesso il mago dov'è?

– È volato in un paese lontano, come fa spesso.

– E come fa il mago a volare?

– Non lo so.

– Mi puoi aiutare a entrare nel palazzo? Forse, c'è qualcosa di magico che fa volare, e se lo trovo potremo fuggire. Io sono innamorato di te, e vorrei portarti a casa mia e farti mia sposa.

Rosina sorrise, e piano piano fece entrare Zoanin nel palazzo e lo portò nelle stanze del mago: e in una cameretta cupa e buia, vicino alla finestra ancora aperta, trovarono un barattolo d'unguento: se lo misero addosso e si sentirono leggeri, presero un po' delle pietre preziose che erano ammucchiate sotto il tavolo, e volarono fuori dalla finestra.

Vola vola, superarono la montagna, i boschi, la campagna, e scesero a terra, perché l'unguento aveva finito il suo potere. Camminarono per un'ora e arrivarono alla casa di Zoanin, dove la madre pianse di gioia e abbracciò Rosina.

I due giovani si sposarono, e con le pietre

preziose Zoanin comprò della merce, e cominciò a fare il mercante.

Ma ogni tanto Rosina sentiva la nostalgia delle sue compagne ancora prigioniere.

Bisogna sapere che Zoanin non aveva mai detto alla moglie, e neanche alla madre, della camiciola che aveva preso al lago, e la teneva ben nascosta. Un giorno, dovendo partire per i suoi affari, rivelò la cosa alla madre e disse:

– Prendi questa camiciola e mettila in un cassetto chiuso a chiave.

Poi abbracciò madre e sposa, e se ne andò.

La madre di Zoanin una mattina andò a messa, e dimenticò la chiave nella toppa del cassetto. Rosina, che sentiva la solitudine per la partenza dello sposo, cominciò a girare per la casa, e arrivata nella stanza della madre vide il cassetto con la chiave, s'incuriosí, aprí, e trovò la camiciola.

Presa dal gran desiderio di rivedere le sue compagne, si spogliò, mise la camiciola, si trasformò in tortora, e volò dalla finestra sopra le campagne, sopra i boschi, sopra la montagna incantata, fino al palazzo del mago: e ritrovò le sue amiche, che l'accolsero con molta gioia.

Intanto, a casa di Zoanin, la madre tornò e trovò il cassetto aperto, e la finestra spalancata, e la giovane sposa era scomparsa: allora mandò messaggi al figlio per farlo tornare. Lui arrivò a cavallo, e partí subito per la montagna incantata: ma arrivato al bosco fitto non sapeva in che direzione andare, e si sentiva disperato.

Era lí seduto su un tronco a pensare con tristezza, quando sentí due voci arrabbiate che discutevano: allora si nascose, e ascoltò con attenzione.

Erano due ladroni, che litigavano per spartirsi quello che avevano rubato. Uno diceva:

– Io ho rischiato la vita per prendere questa roba!

E l'altro:

– Io ho avuto l'idea, e ti ho detto come fare!

E continuavano, sempre piú arrabbiati.

Zoanin si fece avanti e disse:

– Io sono un mercante, e sono pratico di questioni: forse vi posso aiutare.

– Ma sí, tu sarai l'arbitro nella nostra discussione! – risposero quelli.

– Ditemi allora: che valore ha la roba che avete rubato?

Uno dei ladri disse:

– Questi stivali, basta indossarli, e fanno arrivare dove si vuole.

Zoanin li infilò e disse:

– Vediamo. È vero, mi sento leggero e pronto a partire. E la tovaglia?

– Basta stenderla, e quello che si vuole mangiare subito appare.

Zoanin mise la tovaglia in tasca, e disse:

– Dopo festeggeremo con questa il vostro accordo. E il mantello?

– È un mantello che rende invisibili.

Zoanin prese il mantello, lo indossò e divenne invisibile, e disse:

– Grazie, amici: mi avete dato quello che mi serviva, e ora non dovrete piú litigare!

E lasciò i due ladri beffati, a picchiarsi per essere stati cosí stupidi: lui intanto comandò agli stivali di portarlo in cima alla montagna del mago, e in un attimo ci arrivò, sempre invisibile nel mantello.

Arrivato lassú, si mise ad aspettare l'ora in cui le dodici tortore uscivano per andare a fare il bagno nel lago. Quando le tortore uscirono, e si trasformarono, lui di nascosto chiamò Rosina, si tolse il mantello, e i due sposi si riabbracciarono.

Ma come fare a fuggire di nuovo?

– Il mago è ritornato, – lei disse. – È ancora piú sospettoso di prima. E poi, Zoanin, io ti vo-

glio molto bene, ma non posso lasciare sole le mie compagne.

– E anche loro vogliono tornare a casa?

– Certo che vogliono: ma per poterle liberare bisogna tagliare la testa al mago con un coltello che lui porta sempre con sé, o mette sotto il cuscino quando va a dormire.

– Lasciami pensare, – disse Zoanin. – Troviamoci qui domani, alla stessa ora. Intanto avverti le tue amiche che stiano pronte a fuggire.

Poi rimise il mantello, e divenne invisibile, mentre lei tornava dalle sue compagne.

Pensa e pensa, il giovane girò attorno al palazzo, finché notò una porta nascosta, e rimase a spiare. Verso sera la porta si aprí, e il mago uscí: era un uomo alto e grosso, peloso in faccia e con gli occhi di fuoco. Zoanin, pieno di spavento, stava per fuggire: ma poi ricordò di essere invisibile.

Il mago si mise in cammino, per ispezionare la montagna: allora Zoanin entrò per la porta, andò nella camera del mago e rimase ad aspettare. Dopo un po' di tempo sentí il mago che tornava: era buio, e il mago accese una lanterna, lesse delle parole misteriose in un libro magico, levò dalla veste un coltellaccio, lo infilò sotto il cuscino, si buttò sul letto e senza nemmeno spogliarsi si addormentò.

Zoanin, con il cuore che batteva forte, aspettò fino a quando il mago si mise a russare, poi si avvicinò, e cercando di non guardarlo, perché il mago dormiva con gli occhi spalancati ed era terribile, sfilò piano piano il coltellaccio, e con un bel colpo gli tagliò la testa e la gettò fuori dalla finestra: e in quell'istante tutte le porte del castello si aprirono, e tutte le finestre si spalancarono.

Zoanin prese il barattolo dell'unguento e corse nella stanza delle dodici tortore, che erano tornate ragazze, si tolse il mantello e lo infilò nell'altra tasca, e Rosina quando lo vide gridò di gioia.

Poi le undici ragazze si unsero i polsi e le caviglie con l'unguento, e dopo aver deciso di trovarsi a casa di Zoanin e Rosina dopo un mese, un giorno e un'ora, se ne volarono via. Zoanin invece prese Rosina fra le braccia, e comandò agli stivali di portarlo a casa, e mentre volavano via il palazzo del mago crol-

lò completamente, e non rimase pietra su pietra.

Dopo un mese, un giorno e un'ora, le undici ragazze arrivarono, insieme a molti amici, e la tovaglia fu stesa su una tavola grandissima, e diede da mangiare e da bere a tutti quanti, e se ci fossimo stati anche noi, anche noi avremmo mangiato e bevuto.

La tinchina d'alto mare

C'era una volta un povero pescatore con una moglie sempre malcontenta. La pesca era scarsa, le reti vecchie e la barca malandata: ma la moglie, invece di aiutare, si lamentava tutto il giorno e la notte.

Il pescatore fingeva di non sentire, e ogni mattina si alzava prestissimo, usciva in barca, e poi portava al mercato il poco pesce pescato, e se ne tornava a casa con i granchiolini e i pesciolini che nessuno aveva voluto, per la zuppa: e la moglie, cucinando, giú a insultarlo e maltrattarlo per la loro miseria.

Ci fu una notte in cui il pescatore, non

sopportando le lamentele della moglie, decise di uscire in mare di notte. Si spinse piú lontano del solito dalla costa, gettò la rete, e quando il cielo cominciò a schiarire la tirò su. Questa volta il pesce era piú abbondante, e in mezzo agli altri ce n'era uno bello e guizzante, di un colore argentato quasi luminoso.

Il pescatore lo prese in mano, e il pesce disse: – Sono la Tinchina d'alto mare: lasciami andare e non ti pentirai!

Il pescatore era sbalordito, e pensò a quante monete avrebbe guadagnato vendendo quel pesce parlante al ricco signore che viveva in un palazzo vicino al porto.

– Sono la Tinchina d'alto mare, – riprese a dire il pesce. – Se mi liberi, esaudirò tre tuoi desideri!

Il pescatore era sempre piú sorpreso, poi disse: – Come primo desiderio, Tinchina, vorrei pescare tanto tutti i giorni. Come secondo…

– Aspetta! – lo interruppe la Tinchina d'alto mare.

– Non sprecare subito tutti i desideri! Ora lasciami andare, getta la rete, e vedrai!

Il pescatore la mise in acqua, gettò la rete, e subito sentí che pesava: aspettò ancora un poco, e quando la trascinò a bordo non aveva mai visto tanto pesce tutto insieme. Tornò a fatica al porto, e vendette tutto il pesce, e fece un buon guadagno.

Arrivato a casa con la borsa piena di denaro e buone cose da mangiare, rese la moglie allegra e persino gentile.

Passò il tempo: il pescatore comprò nuove reti, fece riparare la barca, e la moglie si mise in ghingheri, e la casa era tutta rinnovata.

Però la moglie, a cui il pescatore non aveva detto niente della Tinchina, continuava notte e giorno a interrogarlo, a voler sapere, finché lui cedette, e le raccontò ogni cosa. Da quel momento, tutto il giorno e la notte, la moglie gli diceva:

– E gli altri due desideri, marito? Certo abbiamo la casa bella, ma è piccola. Certo hai la barca aggiustata, ma potresti averne una piú grande! E in casa potremmo avere servitori, e in barca potresti avere marinai, e noi potremmo goderci la vita senza lavorare tutti i giorni!

E parla, e chiedi, e insisti, e batti, una notte il pescatore, per la disperazione, prese la barca e uscí in mare, e si spinse piú lontano, e quando arrivò l'alba disse, con la faccia vicino alla superficie del mare:

– Tinchina, Tinchina, mi senti? Dei due desideri, ti rammenti?

Dopo un po' ci fu un guizzo fra le onde, e apparve il muso della Tinchina.

– Qual è il tuo desiderio? – disse il pesce d'argento.

– Mia moglie dice che staremmo meglio in una casa piú grande, con una barca nuova, e servitori per la casa, e marinai per la barca, per non stare piú a faticare…

– Ogni promessa è debito, – disse la Tinchina d'alto mare. – Anche questo desiderio sarà esaudito –. E scomparve nell'acqua.

Il pescatore gettò la rete, prese il solito pesce abbondante, tornò a riva, e lí c'erano due marinai ad aspettarlo, che dissero:

– Va pure a casa, padrone: il pesce al mercato lo portiamo noi, e lo venderemo al giusto prezzo. E guarda che bella la tua barca nuova!

Lí vicino, a galleggiare, c'era la piú bella e grande barca da pesca che il pescatore avesse mai veduto.

Stordito per la sorpresa andò a casa, e cosa si trovò davanti? Un palazzotto con i balconi fioriti, e un campanello con il cordone dorato, e due fantesche a sbatter tappeti sul terrazzo, e la moglie che alla finestra rideva, e diceva:

– Vieni, vieni a vedere, marito caro!

Dentro, una meraviglia: tante stanze con tende e tappeti, mobili, specchi, e altre due serve a cucinare e pulire, e la moglie, sempre ridendo, diceva:

– Visto che ci voleva, il secondo desiderio?

E passò il tempo, ma invece di essere felice, il pescatore si sentiva scontento. I marinai litigavano fra loro, la barca nuova era difficile da mantenere. A casa la moglie comandava e sgridava le serve, e la sera era stanca a forza di sgridare.

Una sera il pescatore disse alla moglie:

– Moglie, sii sincera: ti sembra che questa sia una buona vita?

Lei lo guardò, ci pensò, e rispose:

– Marito, sono sincera: non mi sembra una buona vita. Cosa possiamo fare?

Pensa e pensa, decisero di chiedere alla Tinchina d'alto mare di avere abbastanza pesca, barca e casa da vivere del loro lavoro, e di riprendersi tutto il resto, perché li faceva disperare.

Quella notte il pescatore uscí in barca, e remò verso il largo a lungo. C'era la luna, e l'acqua era tutta d'argento.

– Tinchina, Tinchina, mi senti? Del terzo desiderio ti rammenti? – disse a bassa voce il pescatore.

Nell'argento dell'acqua di luna ci fu un guizzo, e si sentí la voce della Tinchina:

– Eccomi qui, pescatore. Ogni promessa è debito. Che vuoi?

– Tinchina, Tinchina, ho sbagliato a chiederti tutte quelle cose: il mio ultimo desiderio è che tu lasci a me e mia moglie quello che ci basta per vivere del nostro lavoro.

– È già esaudito, – disse la Tinchina, e con un guizzo scomparve nell'argento di luna, mentre il pescatore lanciava la sua rete in acqua, con il cuore sereno.

Fiabe regionali

Nelle fiabe non tutto può essere spiegato; anche se si ispirano al mondo reale, l'invenzione, il fantastico, il fatato contribuiscono a creare una situazione di mistero, dove gli animali e gli oggetti si animano e parlano, dove i personaggi a volte rimangono temporaneamente muti o prigionieri.

Nelle fiabe vi è «una bellezza che incanta e pericoli sempre in agguato, gioia e dolore affilati come spade»; vi è l'incontro, a distanza rassicurante, con i temi fondamentali della bontà e della cattiveria, della vita e della morte; inoltre per i protagonisti, apparentemente piú deboli, vi è il senso di poter intervenire sul proprio destino. Per questo le fiabe continuano a piacere.

È bello ascoltare il racconto di una fiaba; Pietro Clemente dice: «Abbiamo bisogno di racconti, e senza, ognuno è piú povero. Ce la prendiamo tanto con il televisore, ma è lui ormai che racconta storie nel nostro silenzio». Ma è anche bello immergersi da soli nella lettura di una fiaba, e costruire le proprie immagini, le proprie emozioni seguendo quelle che le parole creano nei momenti di paura, negli incontri di magia e nel trionfo finale. Le parole scritte, se seguono lo stile del narrare, mantengono la carica comunicativa del racconto. Perché questo avvenga abbiamo scelto le fiabe piú vicino possibile alla versione raccolta in originale o ci siamo anche fatti raccontare delle fiabe da persone che a loro volta le hanno udite, e che da anni hanno coltivato l'arte e il piacere di raccontare.

Le fiabe, con strutture, personaggi e vicende simili si ritrovano in varie forme nella tradizione orale di molti paesi. Invece per quello che riguarda l'elaborazione degli «ingredienti» e le caratteristiche dello sfondo ambientale, rispecchiano i gusti di un luogo particolare e si presentano in un particolare linguaggio. La regione o il luogo dove vengono narrate se ne appropriano e le trasformano facendole divenire parte della propria cultura. È cosí che le fiabe diventano regionali e mantengono attraverso il tempo un sapore e dei saperi distinti.

Questo succede anche se la struttura narrativa ed i motivi che compaiono in varie combinazioni migrano da una regione ad un'altra. Cosí, vicino alle fiabe che piú distintamente hanno caratteri regionali, ve ne sono altre che variano di poco nel loro messaggio universale. Per esempio, Tredicino in una regione deve affrontare il lupo, in un'altra l'orco oppure, in un'altra ancora, il drago, ma in tutti i casi rimarrà costante il suo ruolo: Tredicino è il piú debole che si rivelerà il migliore, il piú giovane tra i fratelli ma quello che vincerà l'antagonista – lupo, orco o drago – e quello che riuscirà a sfamare, o perfino a coprire di monete d'oro, tutti i fratelli.

LELLA GANDINI

Indice

Fiabe venete

Einaudi Ragazzi

Storie e rime

Pubblicazioni piú recenti

Finito di stampare per conto delle Edizioni EL
presso LEGO S.p.A., Vicenza

Ristampa						Anno		
4	5	6	7			2009	2010	2011